林徽因诗歌精选

林徽因 著

群言出版社
QUNYAN PRESS
·北京·

图书在版编目（CIP）数据

林徽因诗歌精选 / 林徽因著 . -- 北京 : 群言出版社，2022.1
ISBN 978-7-5193-0685-4

Ⅰ. ①林… Ⅱ. ①林… Ⅲ. ①诗集—中国—现代 Ⅳ. ① I226

中国版本图书馆 CIP 数据核字（2021）第 249502 号

责任编辑：孙平平　宋盈锡
特邀编辑：凌　翔
封面设计：陈　姝

出版发行：群言出版社
地　　址：北京市东城区东厂胡同北巷 1 号（100006）
网　　址：www.qypublish.com（官网书城）
电子信箱：qunyancbs@126.com
联系电话：010-65267783　65263836
经　　销：全国新华书店

印　　刷：唐山楠萍印务有限公司
版　　次：2022 年 1 月第 1 版
印　　次：2022 年 1 月第 1 次印刷
开　　本：165mm×230mm　1/16
印　　张：13
字　　数：200 千字
书　　号：ISBN 978-7-5193-0685-4
定　　价：49.80 元

【版权所有，侵权必究】

如有印装质量问题，请与本社发行部联系调换，电话：010-65263836

我说你是人间的四月天；
笑响点亮了四面风；轻灵
在春的光艳中交舞着变。

你是四月早天里的云烟，
黄昏吹着风的软，
星子在无意中闪，
细雨点洒在花前。

一身诗意千寻瀑　万古人间四月天
活跃于二十世纪上半叶的诗人、作家、建筑学教授、美术设计师

目录
Contents

经典诗作

"谁爱这不息的变幻" ……………… 003
那一晚 ……………………………… 005
仍　然 ……………………………… 009
激　昂 ……………………………… 010
笑 …………………………………… 013
深夜里听到乐声 …………………… 014
情　愿 ……………………………… 018
一首桃花 …………………………… 021
莲　灯 ……………………………… 023
中夜钟声 …………………………… 024
山中一个夏夜 ……………………… 026
微　光 ……………………………… 029
秋天，这秋天 ……………………… 033
年　关 ……………………………… 037

你是人间的四月天	042
忆	048
吊玮德	049
城楼上	055
深　笑	057
风　筝	059
别丢掉	064
雨后天	066
记　忆	067
静　院	068
无　题	071
题剔空菩提叶	072
黄昏过泰山	073
昼　梦	082
八月的忧愁	084
过杨柳	085
冥　思	086
空　想	087
你来了	088
"九一八"闲走	089
藤花前	090
旅途中	092
山　中	098
静　坐	099

红叶里的信念 …………………… 100
十月独行 ………………………… 105
时　间 …………………………… 106
古城春景 ………………………… 107
前　后 …………………………… 114
去　春 …………………………… 115
除夕看花 ………………………… 116
孤　岛 …………………………… 118
死是安慰 ………………………… 119
给秋天 …………………………… 121
人　生 …………………………… 123
展　缓 …………………………… 125
六点钟在下午 …………………… 127
昆明即景 ………………………… 134
一串疯话 ………………………… 137
病中杂诗（九首） ……………… 138
春天田里漫步 …………………… 161
桥 ………………………………… 163
古城黄昏 ………………………… 165
破　晓 …………………………… 166
诗——自然的赠与 ……………… 167
灵　感 …………………………… 170
我们的雄鸡 ……………………… 172

附录　经典散文

悼志摩 …………………………… 179
彼　此 …………………………… 187
一片阳光 ………………………… 191
究竟怎么一回事 ………………… 195

经典诗作

"谁爱这不息的变幻"*

谁爱这不息的变幻,她的行径?

催一阵急雨,抹一天云霞,月亮,

星光,日影,在在都是她的花样,

更不容峰峦与江海偷一刻安定。

骄傲的,她奉着那荒唐的使命:

看花放蕊树凋零,娇娃做了娘;

叫河流凝成冰雪,天地变了相;

都市喧哗,再寂成广漠的夜静!

虽说千万年在她掌握中操纵,

她不曾遗忘一丝毫发的卑微。

难怪她笑永恒是人们造的谎,

---

* 本书以人民文学出版社《你是人间四月天:林徽因诗集》为基础,参考其他一些版本进行编选。——编者注

初刊于一九三一年四月《诗刊》第二期,署名当期误为林薇音,下一期更正为林徽音。

作者的诗歌作品写作时日多不可确考,本集中诗歌的排列依其发表时间为序。部分诗歌作品后有作者自注的日期,体例不一,一仍其旧。

来抚慰恋爱的消失,死亡的痛。
但谁又能参透这幻化的轮回,
谁又大胆地爱过这伟大的变幻?

香山　四月十二日

那一晚

那一晚我的船推出了河心，
澄蓝的天上托着密密的星。
那一晚你的手牵着我的手，
迷惘的星夜封锁起重愁。
那一晚你和我分定了方向，
两人各认取个生活的模样。

到如今我的船仍然在海面飘，
细弱的桅杆常在风涛里摇。
到如今太阳只在我背后徘徊，
层层的阴影留守在我周围。
到如今我还记着那一晚的天，
星光、眼泪、白茫茫的江边！
到如今我还想念你岸上的耕种：
红花儿黄花儿朵朵的生动。

1916年，摄于北京

那一天我希望要走到了顶层，
蜜一般酿出那记忆的滋润。
那一天我要挎上带羽翼的箭，
望着你花园里射一个满弦。
那一天你要听到鸟般的歌唱，
那便是我静候着你的赞赏。
那一天你要看到零乱的花影，
那便是我私闯入当年的边境！

1916年,林徽因与表姊妹们身着培华女子中学校服合影。
左起:王孟瑜、王次亮、曾语儿、林徽因

仍 然

你舒伸得像一湖水向着晴空里
白云,又像是一流冷涧澄清
许我循着林岸穷究你的泉源:
我却仍然怀抱着百般的疑心
对你的每一个映影!

你展开像个千瓣的花朵!
鲜妍是你的每一瓣,更有芳沁,
那温存袭人的花气,伴着晚凉:
我说花儿,这正是春的捉弄人,
来偷取人们的痴情!

你又学叶叶的书篇随风吹展,
揭示你的每一个深思;每一角心境,
你的眼睛望着,我,不断的在说话:
我却仍然没有回答,一片的沉静
永远守住我的魂灵。

激 昂

我要借这一时的豪放
和从容,灵魂清醒的
再喝一泉甘甜的鲜露,
来挥动思想的利剑,
舞它那一瞥最敏锐的
锋芒,像皑皑塞野的雪
在月的寒光下闪映,
喷吐冷激的辉艳;——斩,
斩断这时间的缠绵,
和猥琐网布的纠纷,
剖取一个无瑕的透明,
看一次你,纯美,
你的裸露的庄严。
……
然后踩登
任一座高峰,攀牵着白云

和锦样的霞光，跨一条

长虹，瞰临着澎湃的海，

在一穹匀静的澄蓝里，

书写我的惊讶与欢欣，

献出我最热的一滴眼泪，

我的信仰，至诚，和爱的力量，

永远膜拜，

膜拜在你美的面前！

五月　香山

1920年，林徽因摄于英国伦敦

笑

笑的是她的眼睛，口唇，
和唇边浑圆的旋涡。
艳丽如同露珠，
朵朵的笑向
贝齿的闪光里躲。
那是笑——神的笑，美的笑：
水的映影，风的轻歌。

笑的是她惺松的鬈发
散乱的挨着她耳朵。
轻软如同花影，
痒痒的甜蜜
涌进了你的心窝。
那是笑——诗的笑，画的笑：
云的留痕，浪的柔波。

深夜里听到乐声

这一定又是你的手指,
轻弹着,
在这深夜,稠密的悲思;

我不禁颊边泛上了红,
静听着,
这深夜里弦子的生动。

一声听从我心底穿过,
忒凄凉
我懂得,但我怎能应和?

生命早描定她的式样,
太薄弱
是人们的美丽的想象。

除非在梦里有这么一天，

你和我

同来攀动那根希望的弦。

1920年,林徽因摄于英国伦敦

1920年，林徽因摄于英国伦敦

情　愿

我情愿化成一片落叶，
让风吹雨打到处飘零；
或流云一朵，在澄蓝天，
和大地再没有些牵连。

但抱紧那伤心的标帜，
去触遇没着落的怅惘；
在黄昏，夜半，蹑着脚走，
全是空虚，再莫有温柔；

忘掉曾有这世界；有你；
哀悼谁又曾有过爱恋；
落花似的落尽，忘了去
这些泪点里的情绪。

到那天一切都不存留,
比一闪光,一息风更少
痕迹,你也要忘掉了我
曾经在这世界里活过。

1920年，林徽因与父亲林长民摄于英国伦敦

一首桃花

桃花,
那一树的嫣红,
像是春说的一句话:
朵朵露凝的娇艳,
是一些
玲珑的字眼,
一瓣瓣的光致,
又是些
柔的匀的吐息;
含着笑,
在有意无意间
生姿的顾盼。
看,——
那一颤动在微风里
她又留下,淡淡的,

在三月的薄唇边,

一瞥,

一瞥多情的痕迹!

二十年五月　香山

莲 灯

如果我的心是一朵莲花，
正中擎出一支点亮的蜡，
荧荧虽则单是那一剪光，
我也要它骄傲的捧出辉煌；
不怕它只是我个人的莲灯
照不见前后崎岖的人生——
浮沉它依附着人海的浪涛
明暗自成了它内心的秘奥。
单是那光一闪花一朵——
像一叶轻舸驶出了江河——
宛转它漂随命运的波涌
等候那阵阵风向远处推送。
算做一次过客在宇宙里，
认识这玲珑的生从容的死，
这飘忽的途程也就是个——
也就是个美丽美丽的梦。

廿一年七月半　香山

中夜钟声

钟声
　敛住又敲散
　　一街的荒凉
听——
　那圆的一颗颗声响
　直沉下时间
　　　寂静的
　　　　咽喉。
　像哭泣，
　像哀恸，
将这僵黑的
中夜
　葬入
　那永不见曙星的
　　空洞——

轻——重，……
　——重——轻……
这摇曳的一声声，
　又凭谁的主意
　把那余剩的忧惶
随着风冷——
　　纷纷
　　　掷给还不成梦的
　　　　　人。

山中一个夏夜 *

　　山中一个夏夜,深得
　　像没有底一样;
　　黑影,松林密密的;
　　周围没有点光亮。
　　　　对山闪着只一盏灯——两盏
　　　　像夜的眼,夜的眼在看!

　　满山的风全蹑着脚
　　像是走路一样,
　　躲过了各处的枝叶

---

* 现存诗作手稿第三节为:
　　虫鸣织成那一片静,
　　寂寞像垂下的帐幔;
　　仲夏山林在内中睡着,
　　幽香四下里浮散。
　　　黑影枕着黑影,默默的无声,
　　　夜的静,却有夜的耳在听!

各处的草，不响。
　　　单是流水，不断的在山谷上，
　　　石头的心，石头的口在唱。

均匀的一片静，罩下
　　　像张软垂的幔帐。
　　　疑问不见了，四角里
　　　模糊，是梦在窥探？
　　　夜像在祈祷，无声的在期望，
　　　幽馥的虔诚在无声里布漫。

20 世纪 20 年代初，林徽因摄于欧旅期间

微 光

街上没有光,没有灯,
店廊上一角挂着有一盏;
他和她把他们一家的运命
含糊的,全数交给这黯淡。

街上没有光,没有灯,
店窗上,斜角,照着有半盏。
合家大小朴实的脑袋,
并排儿,熟睡在土炕上。

外边有雪夜;有泥泞;
沙锅里有不够明日的米粮;
小屋,静守住这微光,
缺乏着生活上需要的各样。

缺的是把干柴;是杯水;麦面……

1920年，林徽因摄于英国伦敦

为这吃的喝的，本说不到信仰，——
生活已然，固定的，单靠气力，
在肩臂上边，来支持那生的胆量。

明天，又明天，又明天……
一切都限定了，谁还说希望，——
便使是做梦，在梦里，闪着，
仍旧是这一粒孤勇的光亮？

街角里有盏灯，有点光，
挂在店廊；照在窗槛；
他和她，把他们一家的运命
明白的，全数交给这凄惨。

二十二年九月

1920年，林徽因摄于英国伦敦

秋天，这秋天

这是秋天，秋天，——
风还该是温软；
太阳扔笑着那微笑，
闪着金银；夸耀
他实在无多了的
最奢侈的早晚！
这里那里，在这秋天
斑彩错置到各处
山野，和枝叶中间，
像醉了的蝴蝶，或是
珊瑚珠翠，华贵的失散，
缤纷降落到地面上。
这时候心得像歌曲；
由山泉的水光里闪动，
浮出珠沫，溅开
山石的喉嗓唱。

这时候满腔的热情
全是你的，秋天懂得，
秋天懂得那狂放，——
秋天爱的是那不经意
不经意的零乱！

但是秋天，这秋天，
他撑着梦一般的喜筵，
不为的是你的欢欣：
他撒开手，一掬缨络，
一把落花似的幻变，
还为的是那不定的
悲哀，归根儿蒂结住
在这人生的中心！
一阵萧萧的风，起自
昨夜西窗的外沿，
摇着梧桐树哭。——
起始你怀疑着：
荷叶还没有残败；
小划子停在水流中间；
夏夜的细语，夹着虫鸣，
还信得过仍然偎着
耳朵旁温甜；
但是梧桐叶带来桂花香，

已打到灯盏的光前。

一切都两样了，他闪一闪说，

只要一夜的风，一夜的幻变。

冷雾迷住我的两眼，

在这样的深秋里，

你又同谁争？现实的背面

是不是现实，荒诞的，

果属不可信的虚妄？

疑问抵不住单简的残酷，

再别要悯惜流血的哀惶，

趁一次里，要认清

造物更是摧毁的工匠。

信仰只一细柱香，

那点子亮再经不起西风

沙沙的隔着梧桐树吹！

如果你忘不掉，忘不掉

那同听过的鸟啼；

同看过的花好，信仰

该在过往的中间安睡。……

秋天的骄傲是果实，

不是萌芽，——生命不容你

不献出你积累的馨芳；

交出受过光热的每一层颜色；

点点沥尽你最难堪的酸怆。
这时候，
切不用哭泣；或是呼唤；
更用不着闭上眼祈祷；
(向着将来的将来空等盼)；
只要低低的，在静里，低下去
已困倦的头来承受，——承受
这叶落了的秋天，
听风扯紧了弦索自歌挽：
这秋，这夜，这惨的变换！

二十二年十一月中旬

年　关

那里来，又向那里去，
这不断，不断的行人，
奔波杂沓的，这车马？
红的灯光，绿的紫的，
织成了这可怕，还是
可爱的夜？高的楼影
渺茫天上，都象征些
什么现象？这噪聒中
为什么又凝着这沉静，
这热闹里，会是凄凉？

这是年关，年关，有人
由街头走着，估计着，
孤另的影子斜映着。
一年，又是一年辛苦，
一盘子算珠的艰和难。

日中你敛住气,夜里,
你喘,一条街,一条街,
跟着太阳灯光往返,——
人和人,好比水在流,
人是水,两旁楼是山!

  一年,一年,
连年里,这穿过城市
胸膛的辛苦,成千万,
成千万人流的血汗,
才会造成了像今夜
这神奇可怕的灿烂!
看,街心里横一道影
灯盏上开着血印的花
夜在凉雾和尘沙中
进展,展进,许多口里
在喘着年关,年关……

二十三年废历除夕

1920年，林徽因摄于英国伦敦

1920年，林徽因摄于英国伦敦

1920年，林徽因摄于英国伦敦

你是人间的四月天
——一句爱的赞颂

我说你是人间的四月天；
笑响点亮了四面风；轻灵
在春的光艳中交舞着变。

你是四月早天里的云烟，
黄昏吹着风的软，星子在
无意中闪，细雨点洒在花前。

那轻，那娉婷，你是，鲜妍
百花的冠冕你戴着，你是
天真，庄严，你是夜夜的月圆。

雪化后那片鹅黄，你像；新鲜
初放芽的绿，你是；柔嫩喜悦
水光浮动着你梦期待中白莲。

你是一树一树的花开，是燕
在梁间呢喃，——你是爱，是暖，
是希望，你是人间的四月天！

1922年，林徽因与母亲及梁思成摄于北京景山后街雪池胡同家中

1924年，林徽因与梁思成摄于北京景山后街雪池胡同家中

1924年，林徽因与泰戈尔及徐志摩摄于北京法源寺

1924年，林徽因与泰戈尔及梁思成摄于北京

忆

新年等在窗外，一缕香，
枝上刚放出一半朵红。
心在转，你曾说过的
几句话，白鸽似的盘旋。

我不曾忘，也不能忘
那天的天澄清的透蓝，
太阳带点暖，斜照在
每棵树梢头，像凤凰。

是你在笑，仰脸望，
多少勇敢话那天，你我
全说了，——像张风筝
向蓝穹，凭一线力量。

二十二年年岁终

吊玮德

玮德，是不是那样，
你觉到乏了，有点儿
不耐烦，
并不为别的缘故
你就走了，
向着那一条路？

玮德你真是聪明；
早早的让花开过了
那顶鲜妍的几朵，
就选个这样春天的清晨，
挥一挥袖
对着晓天的烟霞
走去，轻轻的，轻轻的
背向着我们。
春风似的不再停住！

春风似的吹过，

你却留下

永远的那么一颗

少年人的信心；

少年的微笑

和悦的

洒落在别人的新枝上。

我们骄傲

你这骄傲

但你，玮德，独不惆怅

我们这一片

懦弱的悲伤？

黯淡是这人间

美丽不常走来

你知道。

歌声如果有，也只在

几个唇边旋转！

一层一层尘埃，

凄怆是各样的安排，

即使狂飚不起，狂飚不起，

这远近苍茫，

雾里狼烟，

谁还看见花开！

你走了，
你也走了，
尽走了，再带着去
那些儿馨芳，
那些个嘹亮，
明天再明天，此后
寂寞的平凡中
都让谁来支持？
一星星理想，难道
从此都空挂到天上？

玮德你真是个诗人
你是这般年轻，好像
天方放晓，钟刚敲响……
你却说倦了，有点儿
不耐烦忍心，
一条虹桥由中间拆断；
情愿听杜鹃啼唱，
相信有明月长照，
寒光水底能依稀映成
那一半连环
憬憧中
你诗人的希望！

玮德是不是那样
你觉得乏了,人间的怅惘
你不管;
莲叶上笑着展开
浮烟似的诗人的脚步。
你只相信天外那一条路?

廿四年五月十日　北平

1924年5月，林徽因与泰戈尔、梁思成、恩厚之、徐志摩及父亲林长民摄于北京

1924年5月，林徽因（二排左二）与泰戈尔、颜惠庆、任萨姆、徐志摩、庄士敦、恩厚之、沈摩汉、润麒等摄于北京景山山庄士敦家门前

城楼上

你说什么?
鸭子,太阳,
城墙下那护城河?
——我?
我在想,
——不是不在听——
想怎样
从前,……
——
对了,
也是秋天!

你也曾去过,
你? 那小树林?
还记得么;
山窝,红叶像火?

映影

湖心里倒浸，

那静？

天！……

（今天的多蓝，你看！）

白云，

像一缕烟。

谁又啰嗦？

你爱这里城墙，

古墓，长歌，

蔓草里开野花朵。

好，我不再讲

从前的，单想

我们在古城楼上

今天，——

白鸽，

（你准知道是白鸽？）

飞过面前。

二十四年十月

深 笑

是谁笑得那样甜，那样深，
那样圆转？一串一串明珠
大小闪着光亮，迸出天真！
清泉底浮动，泛流到水面上，
 灿烂，
分散！

是谁笑得好花儿开了一朵？
那样轻盈，不惊起谁。
细香无意中，随着风过，
拂在短墙，丝丝在斜阳前
 挂着
留恋。

是谁笑成这百层塔高耸，
让不知名鸟雀来盘旋？是谁

笑成这万千个风铃的转动，
从每一层琉璃的檐边
　摇上
云天？

风　筝

看，那一点美丽
会闪到天空！
几片颜色，
挟住双翅，
心，缀一串红。

飘摇，它高高的去，
逍遥在太阳边
太空里闪
一小片脸，
但是不，你别错看了
错看了它的力量，
天地间认得方向！
它只是
轻的一片，
一点子美

像是希望，又像是梦；
一长根丝牵住
天穹，渺茫——
高高推着它舞去，
白云般飞动，
它也猜透了不是自己，
它知道，知道是风！

正月十一日

1924年5月8日，林徽因为庆祝泰戈尔六十四岁生日，特此着装饰演泰戈尔诗剧《齐德拉》中的公主

20 世纪 20 年代，林徽因摄于北京景山后街雪池胡同家中

20世纪20年代中期，林徽因与梁思成（左一）等人摄于北京西单石虎胡同七号新月社院内

别丢掉

别丢掉
这一把过往的热情,
现在流水似的,
轻轻
在幽冷的山泉底,
在黑夜,在松林,
叹息似的渺茫,
你仍要保存着那真!
一样是月明,
一样是隔山灯火,
满天的星,
只使人不见,
梦似的挂起,
你问黑夜要回
那一句话——你仍得相信

山谷中留着

有那回音!

二十一年夏

雨后天

我爱这雨后天,
这平原的青草一片!
我的心没底止的跟着风吹,
风吹:
吹远了香草,落叶,
吹远了一缕云,像烟——
像烟。

二十一年十月一日

记　忆

断续的曲子，最美或最温柔的

夜，带着一天的星。

记忆的梗上，谁不有

两三朵娉婷，披着情绪的花

无名的展开

野荷的香馥，

每一瓣静处的月明。

湖上风吹过，额发乱了，或是

水面皱起像鱼鳞的锦。

四面里的辽阔，如同梦

荡漾着中心彷徨的过往

不着痕迹，谁都

认识那图画，

沉在水底记忆的倒影！

二十五年二月

静 院

你说这院子深深的——
美从不是现成的。
这一掬静,
到了夜,你算,
就需要多少铺张?
月圆了残,叫卖声远了,
隔过老杨柳,一道墙,又转,
初一?凑巧谁又在烧香,……
离离落落的满院子,
不定是神仙走过,
仅是迷惘,像梦,……
窗槛外或者是暗的,
或透那么一点灯火。

这掬静,院子深深的
——有人也叫它做情绪——

情绪,好,你指点看

有不有轻风,轻得那样

没有声响,吹着凉?

黑的屋脊,自己的,人家的,

兽似的背耸着,又像

寂寞在嘶声的喊!

石阶,尽管沉默,你数,

多少层下去,下去,

是不是还得栏杆,斜斜的

双树的影去支撑?

对了,角落里边

还得有人低着头脸。

会忘掉又会记起,——会想,

——那不论——或者是

船去了,一片水,或是

小曲子唱得嘹亮;

或是枝头粉黄一朵,

记不得谁了,又向谁认错!

又是多少年前,——夏夜,

有人说:

"今夜,天,……"(也许是秋夜)

又穿过藤萝,

指着一边,小声的,"你看,

星子真多!"
草上人描着影子;
那样点头,走,
又有人笑,……

静,真的,你可相信
这平铺的一片——
不单是月光,星河,
雪和萤虫也远——
夜,情绪,进展的音乐,
如果慢弹的手指
能轻似蝉翼,
你拆开来看,纷坛,
那玄微的细网
怎样深沉的拢住天地,
又怎样交织成
这细致飘渺的彷徨!

二十五年一月

无 题

什么时候再能有
那一片静;
溶溶在春风中立着,
面对着山,面对着小河流?

什么时候还能那样
满掬着希望;
披拂新绿,耳语似的诗思,
登上城楼,更听那一声钟响?

什么时候,又什么时候,心
才真能懂得
这时间的距离;山河的年岁;
昨天的静,钟声,
昨天的人
怎样又在今天里划下一道影!

二十五年春四月

题剔空菩提叶

认得这透明体,
智慧的叶子掉在人间?
消沉,慈静——
那一天一闪冷焰,
一叶无声的坠地,
仅证明了智慧寂寞
孤零的终会死在风前!
昨天又昨天,美
还逃不出时间的威严;
相信这里睡眠着最美丽的
骸骨,一丝魂魄月边留恋,——
……
菩提树下清荫则是去年!

二十五年四月二十三日

黄昏过泰山

记得那天

心同一条长河，

让黄昏来临，

月一片挂在胸襟。

如同这青黛山，

今天，

心是孤傲的屏障一面；

葱郁，

不忘却晚霞，

苍莽，

却听脚下风起，

来了夜——

1928年,林徽因摄于北京

1928年,林徽因与梁思成摄于欧洲度蜜月期间

1928年，林徽因摄于欧洲度蜜月期间

1928年，林徽因摄于欧洲度蜜月期间

1928年，林徽因摄于欧洲度蜜月期间

1928年，林徽因摄于欧洲度蜜月期间

1928年，林徽因摄于欧洲度蜜月期间

1928年，林徽因摄于欧洲度蜜月期间

昼 梦

昼梦

垂着纱,

无从追寻那开始的情绪

还未曾开花;

柔韧得像 根

乳白色的茎,缠住

纱帐下;银光

有时映亮,去了又来;

盘盘丝路

一半失落在梦外。

花竟开了,开了;

零落的攒集,

从容的舒展,

一朵,那千百瓣!

抖擞那不可言喻的

刹那情绪,

庄严峰顶——

天上一颗星……

　　　晕紫,深赤,

天空外旷碧,

是颜色同颜色浮溢,腾飞……

深沉,

又凝定——

悄然香馥,

袅娜一片静。

昼梦

垂着纱,

无从追踪的情绪

开了花;

四下里香深,

低覆着禅寂,

间或游丝似的摇移,

悠忽一重影;

悲哀或不悲哀

全是无名,

一闪俜停。

二十五年暑中　北平

八月的忧愁

黄水塘里游着白鸭,
高粱梗油青的刚高过头,
这跳动的心怎样安插,
田里一窄条路,八月里这忧愁?

天是昨夜雨洗过的,山岗
照着太阳又留一片影;
羊跟着放羊的转进村庄,
一大棵树荫下罩着井,又像是心!

从没有人说过八月甚么话,
夏天过去了,也不到秋天。
但我望着田垄,土墙上的瓜,
仍不明白生活同梦怎样底连牵。

二十五年夏末

过杨柳

反复底在敲问心同心,
彩霞片片已烧成灰烬,
街的一头到另一条路,
同是个黄昏扑进尘土。

愁闷压住所有的新鲜,
奇怪街边此刻还看见,
混沌中浮出光妍的纷纠,
死色楼前垂一棵杨柳!

廿五年十月

冥 思

心此刻同沙漠一样平,
思想像孤独的一个阿拉伯人;
仰脸孤独的向天际望
落日远边奇异的霞光,
安静的,又侧个耳朵听
远处一串骆驼的归铃。

在这白色的周遭中,
一切像凝冻的雕形不动:
白袍,腰刀,长长的头巾,
浪似的云天,沙漠上风!
偶有一点子振荡闪过天线,
残霞边一颗星子出现。

二十五年夏末

空 想

终日的企盼企盼正无着落，——
太阳穿窗棂影，种种花样。
暮秋梦远，一首诗似的寂寞，
真怕看光影，花般洒在满墙。

日子悄悄的仅按沉吟的节奏，
尽打动简单曲，像钟摇响。
不是光不流动，花瓣子不点缀时候，
是心漏却忍耐，厌烦了这空想！

你来了

你来了，画里楼阁立在山边，
交响曲，由风到风，草青到天！
阳光投多少个方向，谁管？你，我
如同画里人，悼回头，便就不见！

你来了，花开到深深的深红，
绿萍遮住池塘上一层晓梦，
鸟唱着，树梢交织着枝柯，——白云
却是我们，悠忽翻过几重天空！

一九三四

"九一八"闲走

天上今早盖着两层灰,
地上一堆黄叶在徘徊,
惘惘的是我跟着凉风转,
荒街小巷,蛇鼠般追随!

我问秋天,秋天似也疑问我:
在这尘沙中又挣扎些什么,
黄雾扼住天的喉咙,
处处仅剩情绪的残破?

但我不信热血不仍在沸腾;
思想不仍铺在街上多少层;
甘心让来往车马狠命的轧压,
待从地面开花,另来一种完整。

藤花前
——独过静心斋

紫藤花开了
轻轻的放着香,
没有人知道……

紫藤花开了
轻轻的放着香,
没有人知道。
楼不管,曲廊不作声,
蓝天里白云行去,
池子一脉静;
水面散着浮萍,
水底下挂着倒影。

紫藤花开了
没有人知道!
蓝天里白云行去,
小院,

无意中我走到花前。
轻香，风吹过
花心，
风吹过我，——
望着无语，紫色点。

旅途中

我卷起一个包袱走,
过一个山坡子松,
又走过一个小庙门,
在早晨最早的一阵风中。
我心里没有埋怨,人或是神;
天底下的烦恼,连我的
拢总,
像已交给谁去,……

前面天空。
山中水那样清,
山前桥那么白净,——
我不知道造物者认不认得
自己图画;

乡下人的笠帽,草鞋,
乡下人的性情。

     暑中在山东乡间步行　二十五年夏

1928年3月,林徽因身着自己设计的民族服饰与梁思成在加拿大渥太华拍摄的结婚照

1929年，林徽因与母亲何雪媛、梁思成、女儿梁再冰摄于沈阳

1929年，林徽因与女儿梁再冰

1930年，林徽因与梁思成在国内补拍的结婚照

山 中

紫色山头抱住红叶,将自己影射在山前,
人在小石桥上走过,渺小的追一点子想念。
高峰外云深蓝天里镶白银色的光转,
用不着桥下黄叶,人在泉边,才记起夏天!

也不因一个人孤独的走路,路更婉蜒,
短白墙房舍像画,仍画在山坳另一面,
只这丹红叶叶替代人记忆失落的层翠,
深浅围抱这同一个山头,惆怅如薄层烟。

山中斜长条青影,如今红萝乱在四面,
百万落叶火焰在寻觅山石荆草边,
当时黄月下共坐天真的青年人情话,相信
那三两句长短,星子般仍挂秋风里不变。

廿五年秋

静 坐

冬有冬的来意,
寒冷像花,——
花有花香,冬有回忆一把。
一条枯枝影,青烟色的瘦细,
在午后的窗前拖过一笔画;
寒里日光淡了,渐斜……
就是那样底
像待客人说话,
我在静沉中默啜着茶。

二十五年冬十一月

红叶里的信念

年年不是要看西山的红叶，
谁敢看西山红叶？不是
要听异样的鸟鸣，停在
那一个静幽的树枝头，
是脚步不能自已的走——
走，迈向理想的山坳子
寻觅从未曾寻着的梦：
一茎梦里的花，一种香，
斜阳四处挂着，风吹动，
转过白云，小小一角高楼。

钟声已在脚下，松同松
并立着等候，山野已然
百般渲染豪侈的深秋。
梦在那里，你的一缕笑，
一句话，在云浪中寻遍

不知落到那一处？流水已经
渐渐的清寒，载着落叶
穿过空的石桥，白栏杆，
叫人不忍再看，红叶去年
同踏过的脚迹火一般。

好，抬头，这是高处，心卷起
随着那白云浮过苍茫，
别计算在那里驻脚，去，
相信千里外还有霞光，
像希望，记得那烟霞颜色，
就不为编织美丽的明天，
为此刻空的歌唱，空的
凄恻，空的缠绵，也该放
多一点勇敢，不怕连牵
斑驳金银般旧积的创伤！

再看红叶每年，山重复的
流血，山林，石头的心胸
从不倚借梦支撑，夜夜
风像利刃削过大土壤，
天亮时沉默焦灼的唇，
忍耐的仍向天蓝，呼唤
瓜果风霜中完成，呈光彩，

自己山头流血，变坟台！
平静，我的脚步，慢点儿去，
别相信谁曾安排下梦来！

一路上枯枝，鸟不曾唱，
小野草香风早不是春天。
停下！停下！风同云，水同
水藻全叫住我，说梦在
背后，蝴蝶秋千理想的
山坳同这当前现实的
石头子路还缺个牵连！
愈是山中奇妍的黄月光
挂出树尖，愈得相信梦，
梦里斜晖一茎花是谎！

但心不信！空虚的骄傲
秋风中旋转，心仍叫喊
理想的爱和美，同白云
角逐；同斜阳笑吻；同树，
同花，同香，乃至同秋虫
石隙中悲鸣，要携手去；
同奔跃嬉游水面的青蛙，
盲目的再去寻盲目日子，——
要现实的热情另涂图画，

要把满山红叶采作花!

这萧萧瑟瑟不断的呜咽,
掠过耳鬓也还卷着温存,
影子在秋光中摇曳,心再
不信光影外有串疑问!
心仍不信,只因是午后,
那片竹林子阳光穿过
照暖了石头,赤红小山坡,
影子长长两条,你同我
曾经参差那亭子石路前,
浅碧波光老树干旁边!

生命中的谎再不能比这把
颜色更鲜艳!记得那一片
黄金天,珊瑚般玲珑叶子
秋风里挂,即使自己感觉
内心流血,又怎样个说话?
谁能问这美丽的后面
是什么?赌博时,眼闪亮,
从不悔那猛上孤注的力量;
都说任何苦痛去换任何一分,
一毫,一个纤微的理想!

所以脚步此刻仍在迈进，
不能自已，不能停！虽然山中
一万种颜色，一万次的变，
各种寂寞已环抱着孤影；
热的减成微温，温的又冷，
焦黄叶压踏在脚下碎裂，
残酷地散排昨天的细屑，
心却仍不问脚步为甚固执，
那寻不着的梦中路线，——
仍依恋指不出方向的一边！

西山，我发誓底，指着西山，
别忘记，今天你，我，红叶，
连成这一片血色的伤怆！
知道我的日子仅是匆促的
几天，如果明年你同红叶
再红成火焰，我却不见，……
深紫，你山头须要多添
一缕抑郁热情的象征，
记下我曾为这山中红叶，
今天流血地存一堆信念！

十月独行

像个灵魂失落在街边,
我望着十月天上十月的脸,
我向雾里黑影上涂热情
悄悄的看一团流动的月圆。

我也看人流着流着过去,来回
黑影中冲着波浪翻星点
我数桥上栏杆龙样头尾
像坐一条寂寞船,自己拉纤。

我像哭,像自语,我更自己抱歉!
自己焦心,同情,一把心紧似琴弦,——
我说哑的,哑的琴我知道,一出曲子
未唱,幻望的手指终未来在上面?

时 间

人间的季候永远不断在转变
春时你留下多处残红，翩然辞别，
本不想回来时同谁叹息秋天！

现在连秋云黄叶又已失落去
辽远里，剩下灰色的长空一片
透彻的寂寞，你忍听冷风独语？

古城春景

时代把握不住时代自己的烦恼,——
轻率的不满,就不叫它这时代牢骚——
偏又流成愤怨,聚一堆黑色的浓烟
喷出烟囱,那矗立的新观念,在古城楼对面!

怪得这嫩灰色一片,带疑问的春天
要泥黄色风沙,顺着白洋灰街沿,
再低着头去寻觅那已失落了的浪漫
到蓝布棉帘子,万字栏杆,仍上老店铺门槛?

寻去,不必有新奇的新发现,旧有保障
即使古老些,需要翡翠色甘蔗做拐杖
来支撑城墙下小果摊,那红鲜的冰糖葫芦
仍然光耀,串串如同旧珊瑚,还不怕新时代的尘土。

二十六年春　北平

20 世纪 30 年代，林徽因摄于北平

1931年，林徽因与梁思成摄于北平

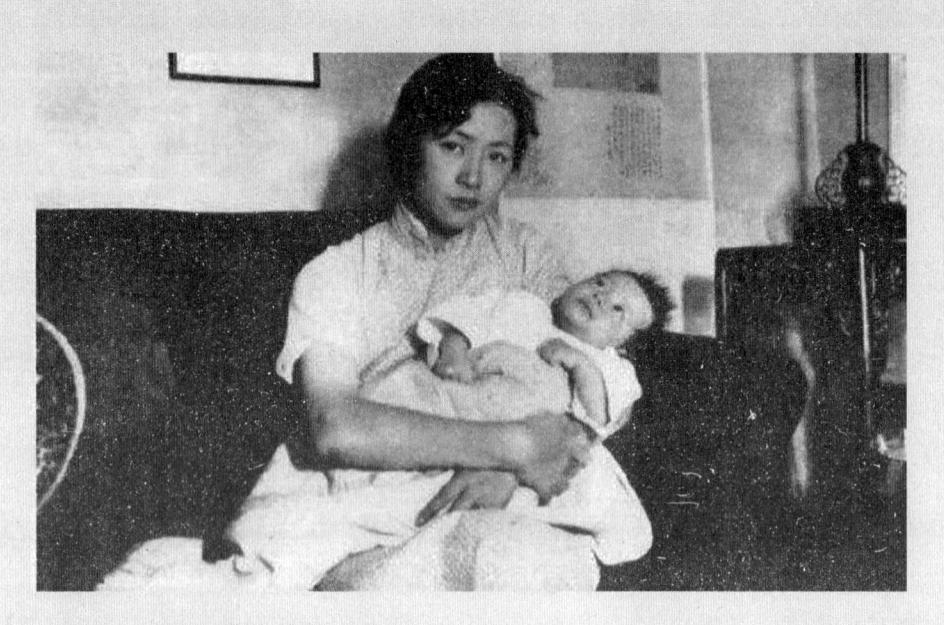

1932年，林徽因与刚出生的儿子梁从诫

20世纪30年代，林徽因与女儿梁再冰、儿子梁从诫

1934年，林徽因、梁思成与费正清（右二）、费慰梅（右四）、金岳霖（右五）摄于北平总布胡同三号家中

1934年，写作中的林徽因

前 后

河上不沉默的船
载着人过去了；
桥——三环洞的桥基，
上面再添了足迹；
早晨，
早又到了黄昏，
这赓续
绵长的路……

不能问谁
想望的终点，——
没有终点
这前面。
背后，
历史是片累赘！

去 春

不过是去年的春天，花香，
红白的相间着一条小曲径，
在今天这苍白的下午，再一次登山
回头看，小山前一片松风
就吹成长长的距离，在自己身旁。

人去时，孔雀绿的园门，白丁香花，
相伴着动人的细致，在此时，
又一次湖冰将解的季候，已全变了画。
时间里悬挂，迎面阳光不来，
就是来了也是斜抹一行沉寂记忆，树下。

经典诗作

除夕看花

新从嘈杂着异乡口调的花市上买来，
碧桃雪白的长枝，同红血般的山茶花。
着自己小角隅再用精致鲜艳来结采，
不为着锐的伤感，仅是钝的还有剩余下！

明知道房里的静定，像弄错了季节，
气氛中故乡失得更远些，时间倒着悬挂；
过年也不像过年，看出灯笼在燃烧着点点血，
帘垂花下已记不起旧时热情、旧日的话。

如果心头再旋转着熟识旧时的芳菲，
模糊如条小径越过无数道篱笆，
纷芸的花叶枝条，草看弄得人昏迷，
今日的脚步，再不甘重踏上前时的泥沙。

月色已冻住，指着各处山头，河水更零乱，

关心的是马蹄平原上辛苦，无响在刻画，
除夕的花已不是花，仅一句言语梗在这里，
抖战着千万人的忧患，每个心头上牵挂。

孤　岛

遥望它是充满画意的山峰，
远立在河心里高傲的凌耸，
可怜它只是不幸的孤岛，——天然没有埂堤，
人工没搭座虹桥。

他同他的映影永为周围的水的囚犯；
陆地于它，是达不到的希望！
早晚寂寞它常将小舟挽住，
风雨时节任江雾把自己隐去。

晴天它挺着小塔，玲珑独对云心；
盘盘石阶，由钟声松林中，超出安静。
特殊的轮廓它苦心孤诣做成，
漠漠大地又那里去找一点同情？

死是安慰

个个连环，永打不开，
生是个结，又是个结！
死的实在，
一朵云彩。

一根绳索，永远牵住，
生是张风筝，难得飘远，
死是江雾，
迷茫飞去！

长条旅程，永在中途，
生是脚步，泥般沉重，——
死是尽处，
不再辛苦。

一曲溪涧，日夜流水，

生是种奔逝,永在离别!

死只一回,

它是安慰。

给秋天

正与生命里一切相同，
我们爱得太是匆匆；
好像只是昨天，
你还在我的窗前！

笑脸向着晴空
你的林叶笑声里染红
你把黄光当金子般散开
稚气，豪侈，你没有悲哀。

你的红叶是亲切的牵绊，那零乱
每早必来缠住我的晨光。
我也吻你，不顾你的背影隔过玻璃窗！
你常淘气的闪过，却不对我忸怩。

可是我爱得多么疯狂，

竟未觉察凄厉的夜晚

已在你背后尾随，——

等候着把你残忍的摧毁！

一夜呼号的风声

果然没有把我惊醒，

等到太晚的那个早晨

啊。天！你已经不见了踪影。

我苛刻的咒诅自己，

但现在有谁走过这里，

除却严冬铁样长脸

阴霾中，偶然一见。

人　生

人生，
你是一支曲子，
我是歌唱的；

你是河流
我是条船，一片小白帆
我是个行旅者的时候，
你，田野，山林，峰峦。

无论怎样，
颠倒密切中牵连着
你和我，
我永从你中间经过；

我生存，
你是我生存的河道

理由同力量。
你的存在
则是我胸前心跳里
五色的绚彩
但我们彼此交错
并未彼此留难。
……
现在我死了,
你,——
我把你再交给他人负担!

展 缓

当所有的情感
都并入一股哀怨
如小河，大河，汇向着
无边的大海，——不论
怎么冲急，怎样盘旋，——
那河上劲风，大小石卵，
所做成的几处逆流
小小港湾，就如同
那生命中，无意的宁静
避开了主流；情绪的
平波越出了悲愁。

停吧，这奔驰的血液；
它们不必全然废弛的
都去造成眼泪。
不妨多几次辗转，溯回流水，
任凭眼前这一切撩乱，
这所有，去建筑逻辑。
把绝望的结论，稍稍

迟缓，拖延时间，——
拖延理智的判断，——
会再给纯情感一种希望！

六点钟在下午

用什么来点缀

六点钟在下午?

六点钟在下午

点缀在你生命中,

仅有仿佛的灯光,

褪败的夕阳,窗外

一张落叶在旋转!

用什么来陪伴

六点钟在下午?

六点钟在下午

陪伴着你在暮色里闲坐,

等光走了,影子变换,

一支烟,为小雨点

继续着,无所盼望!

20世纪30年代中期,林徽因与女儿梁再冰、儿子梁从诫摄于北平总布胡同三号家中

20世纪30年代中期,林徽因摄于北平总布胡同三号家中

20世纪30年代,林徽因与孩子们摄于北平

20 世纪 30 年代，林徽因与女儿梁再冰

20世纪30年代，林徽因与女儿梁再冰摄于北平

20世纪30年代,林徽因与家人摄于北平

昆明即景

一 茶铺

这是立体的构画,
　　描在这里许多样脸
在顺城脚的茶铺里
　　隐隐起喧腾声一片。

各种的姿势,生活
　　刻划着不同方面:
茶座上全坐满了,笑的,
　　皱眉的,有的抽着旱烟。

老的,慈祥的面纹,
　　年轻的,灵活的眼睛,
都暂要时间茶杯上
　　停住,不再会扰乱心情!

一天一整串辛苦，
　　此刻才赚回小把安静，
夜晚回家，还有远路，
　　白天，谁有工夫闲看云影?

不都为着真的口渴，
　　四面窗开着，喝茶，
跷起膝盖的是疲乏，
　　赤着臂膀好同乡邻闲话。

也为了放下扁担同肩背
　　向运命喘息，倚着墙，
每晚靠这一碗茶的生趣
　　幽默估量生的短长……

这是立体的构画，
　　设色在小生活旁边，
荫凉南瓜棚下茶铺，
　　热闹照样的又过了一天!

二　小楼

张大爹临街的矮楼，
半藏着，半挺着，立在街头，
瓦覆着它，窗开一条缝，
夕阳染红它，如写下古远的梦。

矮檐上长点草，也结过小瓜，
破石子路在楼前，无人种花，
是老坛子，瓦罐，大小的相伴；
尘垢列出许多风趣的零乱。

但张大爹走过，不吟咏它好；
大爹自己(上年纪了)不相信古老。
他拐着杖常到隔壁沽酒，
宁愿过桥，土堤去看新柳！

一串疯话

好比这树丁香，几枝山红杏，
相信我的心里留着有一串话，
绕着许多叶子，青青的沉静，
风露日夜，只盼五月来开开花！

如果你是五月，八百里为我吹开
蓝空上霞彩，那样子来了春天，
忘掉腼腆，我定要转过脸来，
把一串疯话全说在你的面前！

病中杂诗（九首）*

小诗（一）

感谢生命的讽刺嘲弄着我，
会唱的喉咙哑成了无言的歌。
一片轻纱似的情绪，本是空灵，
现时上面全打着拙笨补钉。

肩头上先是挑起两担云彩，
带着光辉要在从容天空里安排；
如今黑压压沉下现实的真相，
灵魂同饥饿的脊梁将一起压断！

我不敢问生命现在人该当如何
喘气！经验已如旧鞋底的穿破，

---

*《小诗（一）》和《小诗（二）》为《病中杂诗（九首）》之一，后续至《哭三弟恒》为九首之九。

这纷歧道路上，石子和泥土模糊，
还是赤脚方便，去认取新的辛苦。

小诗（二）

小蚌壳里有所有的颜色；
整一条虹藏在里面。
绚彩的存在是他的秘密，
外面没有夕阳，也不见雨点。

黑夜天空上只一片渺茫；
整宇宙星斗那里闪亮，
远距离光明如无边海面，
是每小粒晶莹，给了你方向。

恶劣的心绪

我病中，这样缠住忧虑和烦扰，
好像西北冷风，从沙漠荒原吹起，
逐步吹入黄昏街头巷尾的垃圾堆；
在霉腐的琐屑里寻讨安慰，
自己在万物消耗以后的残骸中惊骇，

又一点一点给别人扬起可怕的尘埃!

吹散记忆正如陈旧的报纸飘在各处彷徨,
破碎支离的记录只颠倒提示过去的骚乱。
多余的理性还像一只饥饿的野狗
那样追着空罐同肉骨,自己寂寞的追着
咬嚼人类的感伤;生活是什么都还说不上来,
摆在眼前的已是这许多渣滓!

我希望:风停了;今晚情绪能像一场小雪,
沉默的白色轻轻降落地上;
雪花每片对自己和他人都带一星耐性的仁慈,
一层一层把恶劣残破和痛苦的一起掩藏;
在美丽明早的晨光下,焦心暂不必再有,——
绝望要来时,索性是雪后残酷的寒流!

三十六年十二月　病中动手术前

写给我的大姊

当我去了，还有没说完的话，
好像客人去后杯里留下的茶；
说的时候，同喝的机会，都已错过，
主客黯然，可不必再去惋惜它。
如果有点感伤，你把脸掉向窗外，
落日将尽时，西天上，总还留有晚霞。

一切小小的留恋算不得罪过，
将尽未尽的衷曲也是常情。
你原谅我有一堆心绪上的闪躲，
黄昏时承认的，否认等不到天明；
有些话自己也还不曾说透，
他人的了解是来自直觉的会心。

当我去了，还有没说完的话，
像钟敲过后，时间在悬空里暂挂，
你有理由等待更美好的继续；
对忽然的终止，你有理由惧怕。
但原谅吧，我的话语永远不能完全，
亘古到今情感的矛盾做成了嘶哑。

一　天

今天十二个钟头，

是我十二个客人，

每一个来了，又走了

最后夕阳拖着影子也走了！

我没有时间盘问我自己胸怀，

黄昏却蹑着脚，好奇的偷着进来！

我说：朋友，这次我可不对你诉说啊，

每次说了，伤我一点骄傲。

黄昏黯然，无言的走开，

孤单的，沉默的，我投入夜的怀抱！

三十一年春　李庄

对残枝

梅花你这些残了后的枝条,
是你无法诉说的哀愁!
今晚这一阵雨点落过以后,
我关上窗子又要同你分手。

但我幻想夜色安慰你伤心,
下弦月照白了你,最是同情,
我睡了,我的诗记下你的温柔,
你不妨安心放芽去做成绿荫。

对北门街园子

别说你寂寞;大树拱立,
草花烂漫,一个园子永远
睡着;没有脚步的走响。

你树梢盘着飞鸟,每早云天
吻你额前,每晚你留下对话
正是西山最好的夕阳。

十一月的小村

我想象我在轻轻的独语：
十一月的小村外是怎样个去处？
是这渺茫江边淡泊的天；
是这映红了的叶子疏疏隔着雾；
是乡愁，是这许多说不出的寂寞；
还是这条独自转折来去的山路？
是村子迷惘了，绕出一丝丝青烟；
是那白沙一片篁竹围着的茅屋？
是枯柴爆裂着灶火的声响，
是童子缩颈落叶林中的歌唱？
是老农随着耕牛，远远过去，
还是那坡边零落在吃草的牛羊？
是什么做成这十一月的心，
十一月的灵魂又是谁的病？
山坳子叫我立住的仅是一面黄土墙；
下午透过云霾那点子太阳！
一棵野藤绊住一角老墙头，斜睨
两根青石架起的大门，倒在路旁
无论我坐着，我又走开，
我都一样心跳；我的心前

虽然烦乱,总像绕着许多云彩,
但寂寂一湾水田,这几处荒坟,
它们永说不清谁是这一切主宰
我折一根柱枝,看下午最长的日影
要等待十一月的回答微风中吹来。

三十三年初冬　李庄

忧 郁

忧郁自然不是你的朋友；
但也不是你的敌人，你对他不能冤屈！
他是你强硬的债主，你呢？是
把自己灵魂压给他的赌徒。

你曾那样拿理想赌博，不幸
你输了；放下精神最后保留的田产，
最有价值的衣裳，然后一切你都
赔上，连自己的情绪和信仰，那不是自然？

你的债权人他是，那么，别尽问他脸貌
到底怎样！呀天，你如果一定要看清
今晚这里有盏小灯，灯下你无妨同他
面对面，你是这样的绝望，他是这样无情！

哭三弟恒
——三十年空战阵亡

弟弟，我没有适合时代的语言
来哀悼你的死；
它是时代向你的要求，
简单的，你给了。
这冷酷简单的壮烈是时代的诗
这沉默的光荣是你。

假使在这不可免的真实上
多给了悲哀，我想呼喊，
那是——你自己也明了——
因为你走得太早，
太早了，弟弟，难为你的勇敢，
机械的落伍，你的机会太惨！

三年了，你阵亡在成都上空，
这三年的时间所做成的不同，
如果我向你说来，你别悲伤，
因为多半不是我们老国，
而是他人在时代中辗动，

我们灵魂流血，炸成了窟窿。

我们已有了盟友、物资同军火，
正是你所曾经希望过。
我记得，记得当时我怎样同你
讨论又讨论，点算又点算，
每一天你是那样耐性的等着，
每天却空的过去，慢得像骆驼！

现在驱逐机已非当日你最想望
驾驶的"老鹰式七五"那样——
那样笨，那样慢，啊，弟弟不要伤心，
你已做到你们所能做的，
别说是谁误了你，是时代无法衡量，
中国还要上前，黑夜在等天亮。

弟弟，我已用这许多不美丽言语
算是诗来追悼你，
要相信我的心多苦，喉咙多哑，
你永不会回来了，我知道，
青年的热血作了科学的代替；
中国的悲怆永沉在我的心底。

啊，你别难过，难过了我给不出安慰。

我曾每日那样想过了几回：
你已给了你所有的，同你去的弟兄
也是一样，献出你们的生命；
已有的年轻一切；将来还有的机会，
可能的壮年工作，老年的智慧；

可能的情爱，家庭，儿女，及那所有
生的权利，喜悦；及生的纠纷！
你们给的真多，都为了谁？你相信
今后中国多少人的幸福要在
你的前头，比自己要紧；那不朽
中国的历史，还需要在世上永久。

你相信，你也做了，最后一切你交出。
我既完全明白了，为何我还为着你哭？
只因你是个孩子却没有留什么给自己，
小时我盼着你的幸福，战时你的安全，
今天你没有儿女牵挂需要抚恤同安慰，
而万千国人像已忘掉，你死是为了谁！

三十三年　李庄

1935年，林徽因摄于北平

1935年，林徽因与梁再冰、金岳霖、费慰梅、费正清等人摄于天坛

1935年，林徽因摄于北平总布胡同三号院家中

1935年，林徽因摄于香山养病期间

1935年秋冬时节,从朝阳门外骑马归来

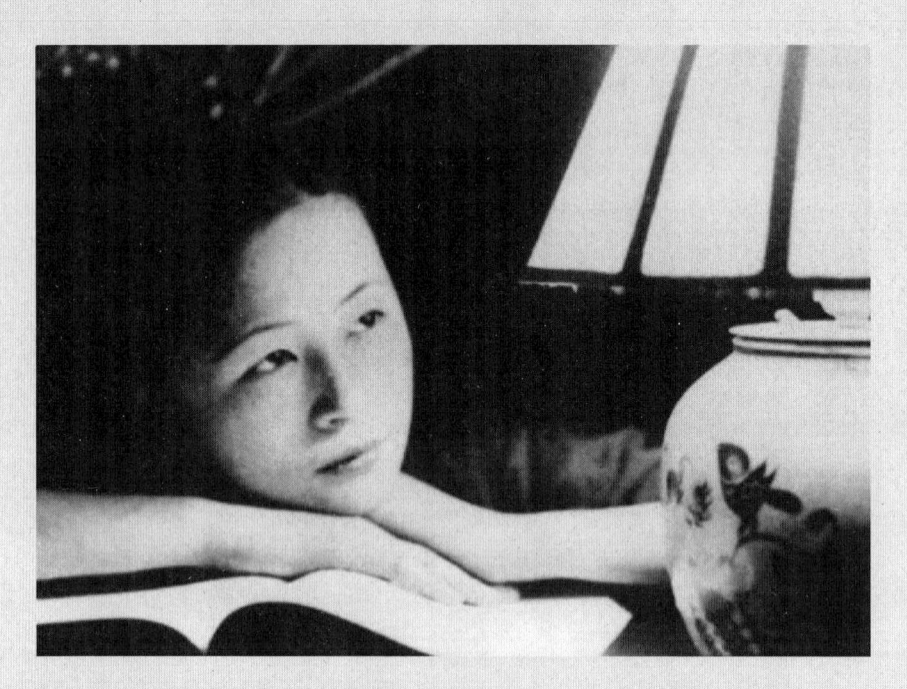

1935年，林徽因摄于北平总布胡同三号院家中

1936年，林徽因摄于山东滋阳（今济宁市兖州区）兴隆寺塔

1937年，林徽因摄于五台山

1938年，林徽因摄于昆明巡津街九号

1938年摄于昆明西山华亭寺。
左起：周培源、梁思成、陈岱孙、林徽因、梁再冰、
金岳霖、吴有训、梁从诫

春天田里漫步

春天田里，慢慢的，有花开，
有人说是忧愁，——
有人说不是：人生仅有
无谓的空追求！
那么是寂寞了，诗意的悲哀
心这样悠悠：
　　古今仍是一样，
　　河水缓缓的流。

青青草原，新才追到眼前，
有人说是春风，——
有人说不是：季候正逢
情感的天空，
或许是自己呢，怀念远边，
心这样吹动？

古今永远不变,

春日迟迟中红。

一九四〇　四川李庄上题初病后

桥

他的使命：
南北两岸莽莽两条路的携手；
他的完成
不挡江月东西，船只上下的交流；
他的肩背
坚定的让脚步上面经过，找各人的路去；
他的胸怀
虚空的环洞，不把江心洪流堵住。

他是座桥：
一条大胆的横梁，立脚于茫茫水面；
一堆泥石，
辛苦堆积或造型的完美，在自然上边；
一掬理智，
适应无数的神奇，支持立体的纪念；
一次人工，

矫正了造化的疏忽，将隔绝的重新牵连！

他是座桥，

看那平衡两排如同静思的栏杆；

他的力量，

两座桥墩下，多粗壮的石头镶嵌；

他的忍耐，

容每道车辙刻入脚印已磨光的石板；

他的安闲，

岁月增进，让钓翁野草随在身旁。

他的美丽，

如同山月的锁钥，正见出人类的匠心；

他的心灵，

浸入寒波，在一钩倒影里续成圆形。

他的存在，

却不为嬉戏的闲情——而为责任；

他的理想，

该寄给人生行旅者一种虔诚。

三十六年六月

古城黄昏

我见到古城在斜阳中凝神；
城楼望着城墙，
忘却中间一片黄金的殿顶；
十条闹街还散在脚下，
虫蚁一样有无数行人。

我见到古城在黄昏中凝神；
乌鸦噪聒的飞旋，
废苑古柏在困倦中支撑。
无数坛庙寂寞与荒凉，
锁起一座一座剥落的殿门。

我听到古城在薄暮中独语：
僧寺悄寂，熄了香火；
钟声沉下，市声里失去；
车马不断扬起年代的尘土，
到处风沙叹息着历史。

破　晓

　　　　　　　木格子窗上，支支哑哑的响。
　　　　　　　泻像薄冰的纸上，一层微光。
　　　　　　　早晨的睡眼见不到一点温暖
　　　　　　　你同熄了的炉火应在留恋昨晓。

　　　　　　　忽然钟声由冻骤的空中敲出，
　　　　　　　悠扬的击节，寒花开在山谷！
　　　　　　　这时，任何的梦该卷起，好好收藏
　　　　　　　又一天的日子已迈过你的窗栏

　　　　　　　　　　　　　　三六，冬至，平　西郊

诗——自然的赠与

花刺是花的幽默,
颜色,她的不谨慎。
她残了,委屈里没有恨。

星光赠你的是冷;
夜深时你会暖□,
满天闪烁整宇宙智慧,
她们愿意照入你的心灵。

湖上微风是同你微笑;
她爱湖水情绪的激动。
□□,水藻,蜻蜓,和一切闲情,
你爱水底倒映认真的晴空。

红叶秋林是秋天的火焰,
终烧成焦燥同凋零,

让她铺着山径为你的散步，
盼你踏着忧愁给草木同情。

附注：本诗另一个版本如下：

花刺是花的幽默，
颜色，她的不谨慎。
花香是她留给你的友谊；
她残了，委曲里没有恨。

星光赠你的是冷！
夜深时你会□□
满天闪烁整宇宙□□
它们愿意照入你的心灵。

湖山微风是同你微笑，
□□怀疑情绪的激动。
□□，水藻，蜻蜓，和一切闲情，
□爱水□倒映认真的晴空。

红叶树林是秋天的火焰，
终要烧成焦躁同凋零，
让它铺着山径为你的散步，
盼你踏着忧愁和草木同情。

自然这样默默的赠与；
种种的暗示都是安慰。
美丽对你永远慷慨，
你的情绪要从□上面映回。

灵　感

是你，是花，是梦，打这儿过，
此刻像风在摇动着我；
告诉日子重叠盘盘的山窝；
清泉潺潺流动转狂放的河；
孤僻林里闲开着鲜妍花，

细香常伴着圆月静天里挂；
且有神仙纷纭地浮出紫烟，
衫裾飘忽映影在山溪前；
给人的理想和理想上
铺香花，叫人心和心合着唱；
直到灵魂舒展成条银河，
长长流在天上一千首歌！

是你，是花，是梦，打这里儿过，
此刻像风，在摇动着我；

告诉日子是这样的不清醒；

当中偏响着想不到的一串铃。

树枝里轻声摇曳；金镶上翠，

低了头的斜阳，又一抹光辉。

难怪阶前人忘掉黄昏，脚下草，

高阁古松，望着天上点骄傲，

留下檀香，木鱼，合掌

在神龛前，在蒲团上，

楼外又楼外，幻想彩霞却缀成

凤凰栏杆，挂起了塔顶上灯！

　　　　　　　二十四年十月　徽因作于北平

我们的雄鸡*

  我们的雄鸡从没有以为
    自己是孔雀
  自信他们鸡冠已够他
    仰着头漫步——
  一个院子他绕上了一遍
    仪表风姿
  都在群雌的面前!

  我们的雄鸡从没有以为
    自己是首领
  晓色里他只扬起他的呼声
    这呼声叫醒了别人
  他经济地保留这种叫喊

---

* 本诗林徽因生前未发表。

（保留那规则）
于是便象征了时间!

　　　　　　　一九四八年二月十八日　清华

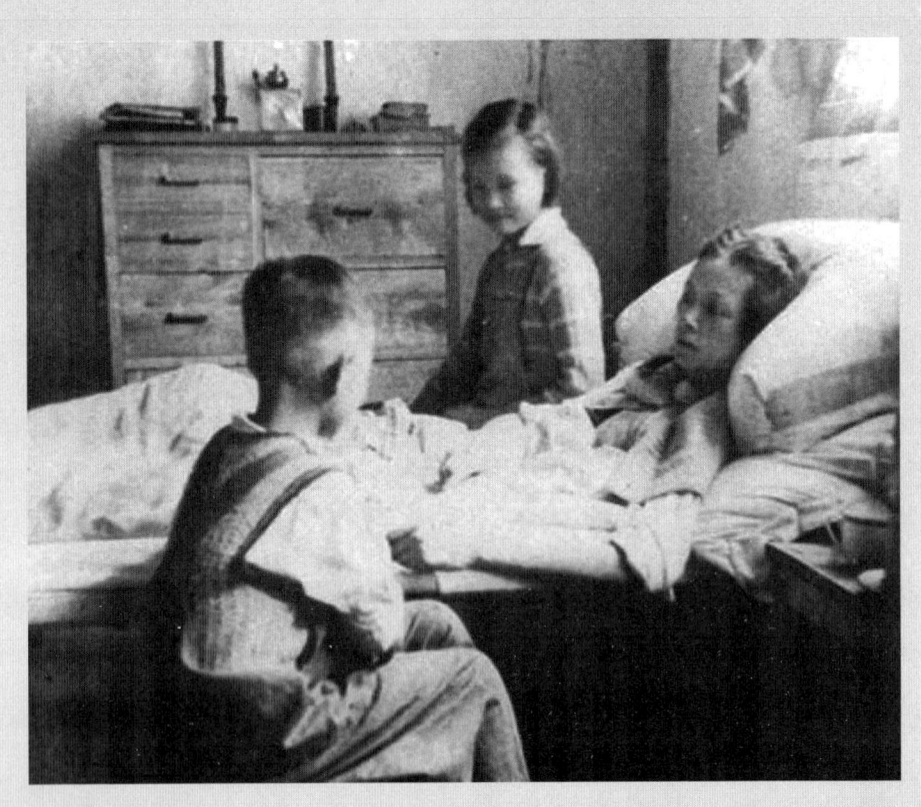

1941年，女儿梁再冰、儿子梁从诫陪伴卧病在床的林徽因

1946年，林徽因摄于昆明

1948年，梁再冰参军前，林徽因与女儿及张奚若教授之子女张文朴（前右）、张文英（后中）、金岳霖、沈铭谦、梁思成、母亲何雪媛摄于北平

附录　经典散文

1949年，林徽因与梁思成送女儿梁再冰参军南下前合影

悼志摩①

十一月十九日我们的好朋友,许多人都爱戴的新诗人,徐志摩突兀地,不可信地,惨酷地,在飞机上遇险而死去。这消息在二十日的早上像一根针刺猛触到许多朋友的心上,顿使那一早的天墨一般地昏黑,哀恸的咽哽锁住每一个人的嗓子。

志摩……死……谁曾将这两个句子联在一处想过!他是那样活泼的一个人,那样刚刚站在壮年的顶峰上的一个人。朋友们常常惊讶他的活动,他那像小孩般的精神和认真,谁又会想到他死?

突然的,他闯出我们这共同的世界,沉入永远的静寂,不给我们一点预告,一点准备,或是一个最后希望的余地。这种几乎近于忍心的决绝,那一天不知震麻了多少朋友的心?现在那不能否认的事实,仍然无情地挡在我们前面。任凭我们多苦楚的哀悼他的惨死,多迫切的希冀能够仍然接触到他原来的音容,事实是不会为体贴我们这悲念而有些许更改;而他也再不会为不忍我们这伤悼而有些许活动的可能!这难堪的永远静寂和消沉便是死的最残酷处。

我们不迷信的,没有宗教地望着这死的帷幕,更是丝毫没有把握。张

---

① 发表于1931年12月7日《北平晨报》。

开口我们不会呼吁,闭上眼不会入梦,徘徊在理智和情感的边沿,我们不能预期后会,对这死,我们只是永远发怔,吞咽枯涩的泪,待时间来剥削这哀恸的尖锐,痂结我们每次悲悼的创伤。那一天下午初得到消息的许多朋友不是全跑到胡适之先生家里么?但是除去拭泪相对,默然围坐外,谁也没有主意,谁也不知有什么话说,对这死!

谁也没有主意,谁也没有话说!事实不容我们安插任何的希望,情感不容我们不伤悼这突兀的不幸,理智又不容我们有超自然的幻想!默然相对,默然围坐……而志摩则仍是死去没有回头,没有音讯,永远地不会回头,永远地不会再有音讯。

我们中间没有绝对信命运之说的,但是对着这不测的人生,谁不感到惊异,对着那许多事实的痕迹又如何不感到人力的脆弱,智慧的有限。世事尽有定数?世事尽是偶然?对这永远的疑问我们什么时候能有完全的把握?

在我们前边展开的只是一堆坚质的事实:

"是的,他十九晨有电报来给我……

"十九早晨,是的!说下午三点准到南苑,派车接……

"电报是九时从南京飞机场发出的……

"刚是他开始飞行以后所发……

"派车接去了,等到四点半……说飞机没有到……

"没有到……航空公司说济南有雾……很大……"只是一个钟头的差别;下午三时到南苑,济南有雾!谁相信就是这一个钟头中便可以有这么不同事实的发生,志摩,我的朋友!

他离平的前一晚我仍见到,那时候他还不知道他次晨南旅的,飞机改期过三次,他曾说如果再改下去,他便不走了的。我和他同由一个茶会出来,在总布胡同口分手。在这茶会里我们请的是为太平洋会议来的一个柏雷博士，因为他是志摩生平最爱慕的女作家曼殊斐儿的姊丈，志摩十分的殷勤；希望可以再从柏雷口中得些关于曼殊斐儿①早年的影子，只因限于时间，我们茶后匆匆地便散了。晚上我有约会出去了，回来时很晚，听差说他又来过，适遇我们夫妇刚走，他自己坐了一会儿，喝了一壶茶，在桌上写了些字便走了。我到桌上一看：——

"定明早六时飞行，此去存亡不卜……"我怔住了，心中一阵不痛快，却忙给他一个电话。

"你放心，"他说，"很稳当的，我还要留着生命看更伟大的事迹呢，哪能便死……"

话虽是这样说，他却是已经死了整两周了！

凡是志摩的朋友，我相信全懂得，死去他这样一个朋友是怎么一回事！

现在这事实一天比一天更结实，更固定，更不容否认。志摩是死了，这个简单惨酷的实际早又添上时间的色彩，一周，两周，一直的增长下去……

我不该在这里语无伦次地尽管呻吟我们做朋友的悲哀情绪。归根说，读者抱着我们文字看，也就是像志摩的请柏雷一样，要从我们口里再听到关于志摩的一些事。这个我明白，只怕我不能使你们满意，因为关于他的事，动听的，使青年人知道这里有个不可多得的人格存在的，实在太多，决不是几千字可以表达得完。谁也得承认像他这样的一个人世间便不轻易有几个的，无论在中国或是外国。

我认得他，今年整十年，那时候他在伦敦经济学院，尚未去康桥。我初次遇到他，也就是他初次认识到影响他迁学的狄更生先生。不用说他和

---

① 曼殊斐儿：即英国女作家曼斯菲尔德（1888—1923）。

我父亲最谈得来，虽然他们年岁上差别不算少，一见面之后便互相引为知己。他到康桥之后由狄更生介绍进了皇家学院，当时和他同学的有我姊丈温君源宁。一直到最近两月中源宁还常在说他当时的许多笑话，虽然说是笑话，那也是他对志摩最早的一个惊异的印象。志摩认真的诗情，绝不含有丝毫矫伪，他那种痴，那种孩子似的天真实能令人惊讶。源宁说：有一天他在校舍里读书，外边下了倾盆大雨——唯是英伦那样的岛国才有的狂雨——忽然他听到有人猛敲他的房门，外边跳进一个被雨水淋得全湿的客人。不用说他便是志摩，一进门一把扯着源宁向外跑，说快来我们到桥上去等着。这一来把源宁怔住了，他问志摩等什么在这大雨里。志摩睁大了眼睛，孩子似的高兴地说"看雨后的虹去"。源宁不止说他不去，并且劝志摩趁早将湿透的衣服换下，再穿上雨衣出去，英国的湿气岂是儿戏，志摩不等他说完，一溜烟地自己跑了！

以后我好奇地曾问过志摩这故事的真确，他笑着点头承认这全段故事的真实。我问：那么下文呢，你立在桥上等了多久，并且看到虹了没有？他说记不清但是他居然看到了虹。我诧异地打断他对那虹的描写，问他：怎么他便知道，准会有虹的。他得意地笑答我说："完全诗意的信仰！"

"完全诗意的信仰"，我可要在这里哭了！也就是为这"诗意的信仰"，他硬要借航空的方便达到他"想飞"的宿愿！"飞机是很稳当的，"他说，"如果要出事那是我的运命！"他真对运命这样完全诗意的信仰！

志摩我的朋友，死本来也不过是一个新的旅程，我们没有到过的，不免过分地怀疑，死不定就比这生苦，"我们不能轻易断定那一边没有阳光与人情的温慰"，但是我前边说过最难堪的是这永远的静寂。我们生在这没有宗教的时代，对这死实在太没有把握了。这以后许多思念你的日子，怕要全是昏暗的苦楚，不会有一点点光明，除非我也有你那美丽的诗意的信仰！

我个人的悲绪不禁又来扰乱我对他生前许多清晰的回忆，朋友们原谅。

诗人的志摩用不着我来多说，他那许多诗文便是估价他的天平。我们新诗的历史才是这样的短，恐怕他的判断人尚在我们儿孙辈的中间。我要谈的是诗人之外的志摩。人家说志摩的为人只是不经意的浪漫，志摩的诗全是抒情诗，这断语从不认识他的人听来可以说很公平，从他朋友们看来实在是对不起他。志摩是个很古怪的人，浪漫固然，但他人格里最精华的却是他对人的同情，和蔼，和优容。没有一个人他对他不和蔼；没有一种人，他不能优容；没有一种的情感，他绝对地不能表同情。我不说了解，因为不是许多人爱说志摩最不解人情么？我说他的特点也就在这上头。

我们寻常人就爱说了解，能了解的我们便同情，不了解的我们便很落寞乃至于酷刻。表同情于我们能了解的，我们以为很适当；不表同情于我们不能了解的，我们也认为很公平。志摩则不然，了解与不了解，他并没有过分地夸张，他只知道温存，和平，体贴，只要他知道有情感的存在，无论出自何人，在何等情况之下，他理智上认为适当与否，他全能表几分同情，他真能体会原谅他人与他自己不相同处。从不会刻薄地单支出严格的迫仄的道德的天平指谪凡是与他不同的人。他这样的温和，这样的优容，真能使许多人惭愧，我可以忠实地说，至少他要比我们多数的人伟大许多；他觉得人类各种的情感动作全有它不同的，价值放大了的人类的眼光，同情是不该只限于我们划定的范围内。他是对的，朋友们，归根说，我们能够懂得几个人，了解几桩事，几种情感？哪一桩事，哪一个人没有多面的看法！为此说来志摩朋友之多，不是个可怪的事；凡是认得他的人不论深浅对他全有特殊的感情，也是极自然的结果。而反过来看他自己在他一生的过程中却是很少得着同情的。不止如是，他还曾为他的一点理想的愚诚几次几乎不见容于社会。但是他却未曾为这个而鄙吝他给他人的同情心，他的性情，不曾为受了刺激而转变刻薄暴戾过，谁能不承认他几有超人的宽量。

　　志摩的最动人的特点，是他那不可信的纯净的天真，对他的理想的愚诚，对艺术欣赏的认真，体会情感的切实，全是难能可贵到极点。他站在雨中等虹，他甘冒社会的大不韪争他的恋爱自由；他坐曲折的火车到乡间去拜哈代，他抛弃博士一类的引诱卷了书包到英国，只为要拜罗素做老师，他为了一种特异的境遇，一时特异的感动，从此在生命途中冒险，从此抛弃所有的旧业，只是尝试写几行新诗——这几年新诗尝试的运命并不大令人踊跃，冷嘲热骂只是家常便饭——他常能走几里路去采几茎花，费许多周折去看一个朋友说两句话；这些，还有许多，都不是我们寻常能够轻易了解的神秘。我说神秘，其实竟许是傻，是痴！事实上他只是比我们认真，虔诚到傻气，到痴！他愉快起来他的快乐的翅膀可以碰得到天，他忧伤起来，他的悲戚是深得没有底。寻常评价的衡量在他手里失了效用，利害轻重他自有他的看法，纯是艺术的情感的脱离寻常的原则，所以往常人常听到朋友们说到他总爱带着嗟叹的口吻说："那是志摩，你又有什么法子！"他真的是个怪人么？朋友们，不，一点都不是，他只是比我们近情，近理，比我们热诚，比我们天真，比我们对万物都更有信仰，对神，对人，对灵，对自然，对艺术！

　　朋友们我们失掉的不止是一个朋友，一个诗人，我们丢掉的是个极难得可爱的人格。

　　至于他的作品全是抒情的么？他的兴趣只限于情感么？更是不对。志摩的兴趣是极广泛的。就有几件，说起来，不认得他的人便要奇怪。他早年很爱数学，他始终极喜欢天文，他对天上星宿的名字和部位就认得很多，最喜暑夜观星，好几次他坐火车都是带着关于宇宙的科学的书。他曾经译过爱因斯坦的《相对论》，并且在一九二二年便写过一篇关于相对论的东西登在《民铎》杂志上。他常向思成说笑："任公①先生的相对论的知识还是从我徐君志摩大作上得来的呢，因为他说他看过许多关于爱因斯坦的哲学都未曾看懂，看到志摩的那篇才懂了。"今夏我在香山养病，他常来闲谈，有一天谈到他幼年上学的经过和美国克莱克大学两年学经济学的景况，我们不禁对笑了半天，后来他在他的《猛虎集》的"序"里也说了那么一段。可是奇怪的！他不像许多天才，幼年里上学，不是不及格，便是被斥退，他是常得优等的，听说有一次康乃尔暑校里一个极严的经济教授还写了信去克莱克大学教授那里恭维他的学生，关于一门很难的功课。我不是为志摩在这里夸张，因为事实上只有为了这桩事，今夏志摩自己便笑得不亦乐乎！

此外他的兴趣对于戏剧绘画都极深浓，戏剧不用说，与诗文是那么接近，他领略绘画的天才也颇可观，后期印象派的几个画家，他都有极精密的爱恶，对于文艺复兴时代那几位，他也很熟悉，他最爱鲍蒂切利②和达文骞③。自然他也常承认文人喜画常是间接地受了别人论文的影响，他的，就受了法兰（Roger Fry）④和斐德（Walter Pater）⑤的不少。对于建筑审美他常常对思成和我道歉说："太对不起，我的建筑常识全是Ruskins那一套。"他知道我们是最讨厌Ruskins的。但是为看一个古建的残址，一块石刻，他比任何人都热心，都更能静心领略。

他喜欢色彩，虽然他自己不会作画，暑假里他曾从杭州给我几封信，他自己叫它们做"描写的水彩画"，他用英文极细致地写出西（边？）桑

---

① 任公指梁启超。
② 鲍蒂切利现译为米开朗基罗·博那罗蒂。
③ 达文骞现译为达·芬奇。
④ 法兰现译为罗杰·弗莱，英国艺术史家、艺术批评家和美学家。
⑤ 斐德现译为瓦尔特·佩特，英国批评家。

田的颜色，每一分嫩绿，每一色鹅黄，他都仔细地观察到。又有一次他望着我园里一带断墙半晌不语，过后他告诉我说，他正在默默体会，想要描写那墙上向晚的艳阳和刚刚入秋的藤萝。

对于音乐，中西的他都爱好，不止爱好，他那种热心便唤醒过北京一次——也许唯一的一次——对音乐的注意。谁也忘不了那一年，克拉斯拉到北京在"真光"①拉一个多钟头的提琴。对旧剧他也得算"在行"，他最后在北京那几天我们曾接连地同去听好几出戏，回家时我们讨论的热闹，比任何剧评都诚恳都起劲。

谁相信这样的一个人，这样忠实于"生"的一个人，会这样早地永远地离开我们另投一个世界，永远地静寂下去，不再透些须声息！

我不敢再往下写，志摩若是有灵听到比他年轻许多的一个小朋友拿着老声老气的语调谈到他的为人不觉得不快么？这里我又来个极难堪的回忆，那一年他在这同一个的报纸上写了那篇伤我父亲惨故的文章②，这梦幻似的人生转了几个弯，曾几何时，却轮到我在这风紧夜深里握吊他的惨变。这是什么人生？什么风涛？什么道路？志摩，你这最后的解脱未始不是幸福，不是聪明，我该当羡慕你才是。

---

① "克拉斯拉"指美籍小提琴家 Fritz Kreisler；"真光"指真光电影院。
② 指徐志摩1926年2月所作《伤双栝老人》一文。

彼　此[①]

朋友又见面了，点点头笑笑，彼此晓得这一年不比往年，彼此是同增了许多经验。个别地说，这时间中每一人的经历虽都有特殊的形象，含着特殊的滋味，需要个别的情绪来分析来描述。

综合地说，这许多经验却是一整片仿佛同式同色，同大小，同分量的迷惘。你触着那一角，我碰上这一头，归根还是那一片迷惘笼罩着彼此。七月！——这两字就如同史歌的开头那么有劲——八月，九月带来了那狂风，后来，后来过了年那无法忘记的除夕！——又是那一月，二月，三月，到了七月，再接再厉的又到了年夜。现在又是一月二月在开始……谁记得最清楚，这串日子是怎样地延续下来，生活如何地变？想来彼此都不会记得过分清晰，一切都似乎在迷离中旋转，但谁又会忘掉那么切肤的重重忧患的网膜？

经过炮火或流浪的洗礼，变换又变换的日月，难道彼此脸上没有一点记载这经验的痕迹？但是当整一片国土纵横着创痕，大家都是"离散而相失……去故乡而就远"，自然"心婵媛而伤怀兮，眇不知其所蹠"，脸上所刻那几道并不使彼此惊讶，所以还只是笑笑好。口角边常添几道酸甜的纹

[①] 发表于1939年2月5日《今日评论》第1卷第6期。

路,可以帮助彼此咀嚼生活。何不默认这一点:在迷惘中人最应该有笑,这种的笑,虽然是敛住神经,敛住肌肉,仅是毅力的后背,它却是必需的,如同保护色对于许多生物,是必需的一样。

那一晚在××江心,某一来船的甲板上,热臭的人丛中,他记起他那时的困顿饥渴和狼狈,旋绕他头上的却是那真实倒如同幻象,幻象又成了真实的狂敌杀人的工具,敏捷而近代型的飞机:美丽得像鱼像鸟……这里黯然的一掬笑是必需的,因为同样的另外一个人懂得那原始的骤然唤起纯筋肉反射作用的恐怖。他也正在想那时他在××车站台上露宿,天上有月,左右有人,零落如同被风雨摧落后的落叶,瑟索地蜷伏着,他们心里都在回味那一天他们所初次尝到的敌机的轰炸!谈话就可以这样无限制的延长,因为现在都这样的记忆——比这样更辛辣苦楚的——在各人心里真是太多了!随便提起一个地名大家所熟悉的都会或商埠,随着全会涌起怎样的一个最后印象!

再说初入一个陌生城市的一天——这经验现在又多普遍——尤其是在夜间,这里就把个别的情形和感触除外,在大家心底曾留下的还不是一剂彼此都熟识的清凉散?苦里带涩,那滋味侵入脾胃时,小小的冷噤会轻轻在背脊上爬过,用不着丝毫锐性的感伤!也许他可以说他在那夜进入某某城内时,看到一列小店门前凄惶的灯,黄黄的发出奇异的晕光,使他嗓子里如梗着刺,感到一种发紧的触觉。你所记得的却是某一号车站后面黯白的煤气灯射到陌生的街心里,使你心里好像失落了什么。

那陌生的城市,在地图上指出时,你所经过的同他所经过的也可以有极大的距离,你同他当时的情形也可以完全的不相同。但是在这里,个别的异同似乎非常之不相干;相干的仅是你我会彼此点头,彼此会意,于是也会彼此地笑笑。

七月在芦沟桥与敌人开火以后,纵横中国土地上的脚印密密地衔接起来,更加增了中国地域广漠的证据。每个人参加过这广漠地面上流转的大韵律的，对于尘土和血，两件在寻常不多为人所理会的，极寻常的天然素质，现在每人在他个别的角上，对它们都发生了莫大亲切的认识。每一寸土，每一滴血，这种话，已是可接触，可把持的十分真实的事物，不仅是一句话一个"概念"而已。

在前线的前线，兴奋和疲劳已掺拌着尘土和血另成一种生活的形体魂魄。睡与醒中间，饥与食中间，生和死中间，距离短得几乎不存在！生活只是一股力，死亡一片沉默的恨，事情简单得无可再简单。尚在生存着的，继续着是力，死去的也继续着堆积成更大的恨。恨又生力，力又变恨，悯悯地却勇敢地循环着，其他一切则全是悬在这两者中间悲壮热烈地穿插。

在后方，事情却没有如此简单，生活仍然缓弛地伸缩着；食宿生死间距离恰像黄昏长影，长长的，尽向前引伸，像要扑入夜色，同夜融成一片模糊。在日夜宽泛的循回里于是穿插反更多了，真是天地无穷，人生长勤。生之穿插零乱而琐屑，完全无特殊的色泽或轮廓，更不必说英雄气息壮烈成分。斑斑点点仅像小血锈凝在生活上，在你最不经意中烙印生活。如果你有志不让生活在小处窳败，逐渐减损，由锐而钝，由张而弛，你就得更感谢那许多极平常而琐碎的磨擦，无日无夜地透过你的神经，肌肉或意识。这种时候，叹息是悬起了，因一切虽然细小，却绝非从前所熟识的感伤。每件经验都有它粗壮的真实，没有叹息的余地。口边那酸甜的纹路是实际哀乐所刻画而成，是一种坚忍韧性的笑。因为生活既不是简单的火焰时，它本身是很沉重，需要韧性地支持，需要产生这韧性支持的力量。

现在后方的问题，是这种力量的源泉在哪里？决不凭着平日均衡的理智——那是不够的，天知道！尤其是在这时候，情感就在皮肤底下"踊跃其若汤"，似乎它所需要的是超理智的冲动！现在后方被缓的生活，紧的情感，两面磨擦得愁郁无快，居戚戚而不可解，每个人都可以苦恼而又热情地唱"终长夜之曼曼兮，掩此哀而不去"，或"宁溘死而流亡兮，不忍为此之常愁"！支持这日子的主力在哪里呢？你我生死，就不检讨它的意义以自大。也还需要一点结实的凭借才好。

我认得有个人，很寻常地过着国难日子的寻常人，写信给他朋友说，他的嗓子虽然总是那么干哑，他却要哑着嗓子私下告诉他的朋友：他感到无论如何在这时候，他为这可爱的老国家带着血活着，或流着血或不流着血死去，他都觉到荣耀，异于寻常的，他现在对于生与死都必然感到满足。这话或许可以在许多心弦上叩起回响，我常思索这简单朴实的情感是从哪里来的。信念？像一道泉流透过意识，我开始明了理智同热血的冲动以外，还有个纯真的力量的出处。信心产生力量，又可储蓄力量。

信仰坐在我们中间多少时候了，你我可曾觉察到？信仰所给予我们的力量不也正是那坚忍韧性的倔强？我们都相信，我们只要都为它忠贞地活着或死去，我们的大国家自会永远地向前迈进，由一个时代到又一个时代。我们在这生是如此艰难，死是这样容易的时候，彼此仍会微笑点头的缘故也就在这里吧？现在生活既这样的彼此患难同味，这信心自是，我们此时最主要的联系，不信你问他为什么仍这样硬朗地活着，他的回答自然也是你的回答，如果他也问你。

信仰坐在我们中间多少时候了？那理智热情都不能代替的信心！

思索时许多事，在思流的过程中，总是那么晦涩，明了时自己都好笑所想到的是那么简单明显的事实！此时我拭下额汗，差不多可以意识到自己口边的纹路，我尊重着那酸甜的笑，因为我明白起来，它是力量。

话不用再说了，现在一切都是这么彼此，这么共同，个别的情绪这么不相干。当前的艰苦不是个别的，而是普遍的，充满整一个民族，整一个时代！我们今天所叫做生活的，过后它便是历史。客观的无疑我们彼此所熟识的艰苦正在展开一个大时代。所以别忽略了我们现在彼此地点点头。且最好让我们共同酸甜的笑纹，有力地，坚韧地，横过历史。

一片阳光[1]

  放了假，春初的日子松弛下来。将午未午时候的阳光，澄黄的一片，由窗棂横浸到室内，晶莹地四处射。我有点发怔，习惯地在沉寂中惊讶我的周围。我望着太阳那湛明的体质，像要辨别它那交织绚烂的色泽，追逐它那不着痕迹的流动。看它洁净地映到书桌上时，我感到桌面上平铺着一种恬静，一种精神上的豪兴，情趣上的闲逸；即或所谓"窗明几净"，那里默守着神秘的期待，漾开诗的气氛。那种静，在静里似可听到那一处琤琮的泉流，和着仿佛是断续的琴声，低诉着一个幽独者自娱的音调。看到这同一片阳光射到地上时，我感到地面上花影浮动，暗香吹拂左右，人随着响午的光霭花气在变幻，那种动，柔谐婉转有如无声音乐，令人悠然轻快，不自觉地脱落伤愁。至多，在舒扬理智的客观里使我偶一回头，看看过去幼年记忆步履所留的残迹，有点儿惋惜时间；微微怪时间不能保存情绪，保存那一切情绪所曾流连的境界。

  倚在软椅上不但奢侈，也许更是一种过失，有闲的过失。但东坡的辩护："懒者常似静，静岂懒者徒"，不是没有道理。如果此刻不倚榻上而"静"，则方才情绪所兜的小小圈子便无条件地失落了去！人家就不可惜

---

[1] 发表于1946年11月24日《大公报·文艺副刊》。

它，自己却实在不能不感到这种亲密的损失的可哀。

就说它是情绪上的小小旅行吧，不走并无不可，不过走走未始不是更好。归根说，我们活在这世上到底最珍惜一些什么？果真珍惜万物之灵的人的活动所产生的种种，所谓人类文化？这人类文化到底又靠一些什么？我们怀疑或许就是人身上那一撮精神同机体的感觉，生理心理所共起的情感，所激发出的一串行为，所聚敛的一点智慧——那么一点点人之所以为人的表现。宇宙万物客观的本无所可珍惜，反映在人性上的山川草木禽兽才开始有了秀丽，有了气质，有了灵犀。反映在人性上的人自己更不用说。没有人的感觉，人的情感，即便有自然，也就没有自然的美，质或神方面更无所谓人的智慧，人的创造，人的一切生活艺术的表现！这样说来，谁该鄙弃自己感觉上的小小旅行？为壮壮自己胆子，我们更该相信惟其人类在这类情绪的驰骋，实际的世间才赓续着产生我们精神所寄托的文物精萃。

此刻我竟可以微微一咳嗽，乃至于用播音的圆润口调说：我们既然无疑的珍惜文化，即尊重盘古到今种种的艺术——无论是抽象的思想的艺术，或是具体的驾驭天然材料另创的非天然形象——则对于艺术所由来的渊源，那点点人的感觉，人的情感智慧（通称人的情绪），又当如何地珍惜才算合理？

但是情绪的驰骋，显然不是诗或画或任何其他艺术建造的完成。这驰骋此刻虽占了自己生活的若干时间，却并不在空间里占任何一个小小位置！这个情形自己需完全明了。此刻它仅是一种无踪迹的流动，并无栖身的形体。它或含有各种或可捉摸的素质，但是好奇地探讨这个素质而具体要表现它的差事，无论其有无意义，除却本人外，别人是无能为力的。我此刻为着一片清婉可喜的阳光，分明自己在对内心交流变化的各种联想发生一种兴趣的注意，换句话说，这好奇与兴趣的注意已是我此刻生活的活动。一种力量又迫着我来把握住这个活动，而设法表现它，这不易抑制的冲动，或即所谓艺术冲动也未可知！只记得冷静的杜工部散散步，看看花，也不免会有"江上被花恼不彻，无处告诉只颠狂"的情绪上一片紊乱！玲珑煦暖的阳光照人面前，那美的感人力量就不减于花，不容我生硬地自己把情绪分划为有闲与实际的两种，而权其轻重，然后再决定取舍的。我也只有情绪上的一片紊乱。

情绪的旅行本偶然的事，今天一开头并为着这片春初晌午的阳光，现在也还是为着它。房间内有两种豪侈的光常叫我的心绪紧张如同花开，趁着感觉的微风，深浅零乱于冷智的枝叶中间。一种是烛光，高高的台座，长垂的烛泪，熊熊红焰当帘幕四下时各处光影掩映。那种闪烁明艳，雅有古意，明明是画中景象，却含有更多诗的成分。另一种便是这初春晌午的阳光，到时候有意无意的大片子洒落满室，那些窗棂栏板几案笔砚浴在光霭中，一时全成了静物图案；再有红蕊细枝点缀几处，室内更是轻香浮溢，叫人俯仰全触到一种灵性。

这种说法怕有点会发生误会，我并不说这片阳光射入室内，需要笔砚花香那些儒雅的托衬才能动人，我的意思倒是：室内顶寻常的一些供设，只要一片阳光这样又幽娴又洒脱地落在上面，一切都会带上另一种动人的气息。

这里要说到我最初认识的一片阳光。那年我六岁，记得是刚刚出了水珠以后——水珠即寻常水痘，不过我家乡的话叫它做水珠。当时我很喜欢那美丽的名字，忘却它是一种病，因而也觉到一种神秘的骄傲。只要人过我窗口问问出"水珠"吗？我就感到一种荣耀。那个感觉至今还印在脑子里。也为这个缘故，我还记得病中奢侈的愉悦心境。虽然同其他多次的害病一样，那次我仍然是孤独的被囚禁在一间房屋里休养的。那是我们老宅子里最后的一进房子；白粉墙围着小小院子，北面一排三间，当中夹着一个开敞的厅堂。我病在东头娘的卧室里。西头是婶婶的住房。娘同婶永远要在祖母的前院里行使她们女人们的职务的,于是我常是这三间房屋唯一留守的主人。

在那三间屋子里病着,那经验是难堪的。时间过得特别慢,尤其是在日中毫无睡意的时候。起初,我仅集注我的听觉在各种似脚步,又不似脚步的上面。猜想着,等候着,希望着人来。间或听听隔墙各种琐碎的声音,由墙基底下传达出来又消敛了去。过一会儿,我就不耐烦了——不记得是怎样的,我就蹑着鞋,挨着木床走到房门边。房门向着厅堂斜斜地开着一扇,我便扶着门框好奇地向外探望。

那时大概刚是午后两点钟光景,一张刚开过饭的八仙桌,异常寂寞地立在当中。桌下一片由厅口处射进来的阳光,泄泄融融地倒在那里。一个绝对悄寂的周围伴着这一片无声的金色的晶莹,不知为什么,忽使我六岁孩子的心里起了一次极不平常的振荡。

那里并没有几案花香,美术的布置,只是一张极寻常的八仙桌。如果我的记忆没有错,那上面在不多时间以前,是刚陈列过咸鱼、酱菜一类极寻常俭朴的午餐的。小孩子的心却呆了。或许两只眼睛倒张大一点,四处地望,似乎在寻觅一个问题的答案。为什么那片阳光美得那样动人?我记得我爬到房内窗前的桌子上坐着,有意无意地望望窗外,院里粉墙疏影同室内那片金色和煦截然不同趣味。顺便我翻开手边娘梳妆用的旧式镜箱,又上下摇动那小排状抽屉,同那刻成花篮形的小铜坠子,不时听雀跃过枝清脆的鸟语。心里却仍为那片阳光隐着一片模糊的疑问。

时间经过二十多年,直到今天,又是这样一泄阳光,一片不可捉摸,不可思议流动的而又恬静的瑰宝,我才明白我那问题是永远没有答案的。事实上仅是如此:一张孤独的桌,一角寂寞的厅堂。一只灵巧的镜箱,或窗外断续的鸟语和水珠——那美丽小孩子的病名——便凑巧永远同初春静沉的阳光整整复斜斜地成了我回忆中极自然的联想。

究竟怎么一回事[①]

写诗究竟是怎么一回事？

写诗，或可说是要抓紧一种一时闪动的力量。一面跟着潜意识浮沉，摸索自己内心所萦回，所着重的情感——喜悦，哀思，忧怨，恋情，或深，或浅，或缠绵，或热烈；又一方面顺着直觉，认识，辨味，在眼前或记忆里官感所触遇的意象——颜色，形体，声音，动静，或细致，或亲切，或雄伟，或诡异；再一方面又追着理智探讨，剖析，理会这些不同的性质，不同分量，流转不定的情感意象所互相融会，交错策动而发生的感念；然后以语言文字（运用其声音意义）经营，描画，表达这内心意象，情绪，理解在同时间或不同时间里，适应或矛盾的所共起的波澜。

写诗，或又可说是自己情感的，主观的，所体验了解到的；和理智的客观的所体察辨别到的，同时达到一个程度，腾沸横溢，不分宾主地互相起了一种作用，由于本能的冲动，凭着一种天赋的兴趣和灵巧，驾驭一串有声音，有图画，有情感的言语，来表现这内心与外物息息相关的联系，及其所发生的悟理或境界。

写诗，或又可以说是若不知其所以然的，灵巧的，诚挚的，在传译给

[①] 发表于1936年8月30日《大公报·文艺》第206期诗歌特刊。

理想的同情者,自己内心所流动的情感穿过繁复的意象时,被理智所窥探而由直觉与意识分着记取的符录!一方面似是惨淡经营——至少是专诚致意,一方面似是藉力于平时不经意的准备,"下笔有神"的妙手偶然拈来;忠于情感,又忠于意象,更忠于那一串刹那间内心整体闪动的感悟。

写诗,或又可说是经过若干潜意识的酝酿,突如其来的,在生活中意识到那么凑巧的一顷刻小小时间;凑巧的,灵异的,不能自已的,流动着一片浓挚或深沉的情感,敛聚着重重繁复演变的情绪,更或凝定入一种单纯超卓的意境,而又本能地迫着你要刻画一种适合的表情。这表情积极的,像要流泪叹息或歌唱欢呼,舞蹈演述;消极的,又像要幽独静处,沉思自语。换句话说,这两者合一,便是一面要天真奔放,热情地自白去邀同情和了解,同时又要寂寞沉默,孤僻地自守来保持悠然自得的完美和严肃!

在这一个凑巧的一顷刻小小时间中(着重于那凑巧的),你的所有自觉、理智、官感、情感、记性和幻想,独立的及交互的都迸出它们不平常的锐敏、紧张、雄厚、壮阔及深沉。在它们潜意识的流动——独立的或交互的融会之间——如出偶然而又不可避免地涌上一闪感悟,和情趣——或即所谓灵感或是亲切的对自我得失悲欢;或辽阔的对宇宙自然;或智慧的对历史人性。这一闪感悟或是混沌朦胧,或是透彻明晰。像光同时能照耀洞察,又能揣摩包含你的所有已经尝味,还在尝味,及幻想尝味的"生"的种种形色质量,且又活跃着其间错综重叠于人于我的意义。

这感悟情趣的闪动——来得轻时,好比潺潺清水婉转流畅,自然的洗涤,浸润一切事物情感,倒影映月,梦残歌罢,美感的旋起一种超实际的权衡轻重,可抒成慷慨缠绵千行的长歌,可留下如幽咽微叹般的三两句诗词。愉悦的心声,轻灵的心画,常如啼鸟落花,轻风满月,夹杂着情绪的缤纷；泪痕巧笑，奔放轻盈，若有意若无意地遗留在各种言语文字上。

但这感悟情趣的闪动，若激越澎湃来得强时，可以如一片惊涛飞沙，由大处见到纤微，由细弱的物体看它变动，宇宙人生，幻若苦谜。一切又如经过烈火燃烧锤炼，分散，减化成为净纯的茫焰气质，升处所有情感意象于空幻，神秘，变移无定，或不减不变绝对，永恒的玄哲境域里去，卓越隐奥，与人性情理遥远的好像隔成距离。身受者或激昂通达，或禅寂淡远，将不免挣扎于超情感，超意象，乃至于超言语，以心传心的创造。隐晦迷离，如禅偈玄诗，便不可制止地托生在与那幻理境界几不适宜的文字上，估定其生存权。

写诗……

总而言之，天知道究竟写诗是怎么一回事。在写诗的时候，或者是"我知道，天知道"；到写了之后，最好学 Browning。不避嫌疑地自讥的，只承认"天知道"，天下关于写诗的笔墨官司便都省了。

我们仅听到写诗人自己说一阵奇异的风吹过，或是一片澄清的月色，一个惊讶，一次心灵的振荡，便开始他写诗的尝试，迷于意境文字音乐的搏斗，但是究竟这灵异的风和月，心灵的振荡和惊讶是什么？是不是仍为那可以追踪到内心直觉的活动；到潜意识后面那综错交流的情感与意象；那意识上理智的感念思想；以及要求表现的本能冲动？灵异的风和月所指的当是外界的一种偶然现象，同时却也是指它们是内心活动的一种引火线。诗人说话没有不打比喻的。

我们根本早得承认诗是不能脱离象征比喻而存在的。在诗里情感必依附在意象上，求较具体的表现；意象则必须明晰地或沉着地，恰适地烘托情感，表征含义。如果这还需要解释，常识的，我们可以问：在一个意识的或自觉的，官感，情感，理智，同时并重的一个时候，要一两句简约的话来代表一堆重叠交错的外象和内心情绪思想所发生的微妙的联系，而同时又不失却原来情感的质素分量，是不是容易或可能的事？一个比喻或一种象征在字面或事物上可以极简单，而同时可以带着字面事物以外的声音颜色形状，引起它们与其他事关系的联想。这个办法可以多方面的来辅助每句话确实的含义，而又加增官感情感理智每方面的刺激和满足，道理甚为明显。

无论什么诗都从不会脱离过比喻象征，或比喻象征式的言语。诗中意象多不是寻常纯客观的意象。诗中的云霞星宿，山川草木，常有人性的感情，同时内心人性的感触反又变成外界的体象，虽简明浅显隐奥繁复各有不同的。但是诗虽不能缺乏比喻象征，象征比喻却并不是诗。

诗的泉源，上面已说过，是意识与潜意识地融会交流错综的情感意象和概念所促成；无疑地，诗的表现必是一种形象情感思想合一的语言。但是这种语言，不能仅是语言，它又须是一种类似动作的表情，这种表情又不能只是表情，而须是一种理解概念的传达。它同时须不断传译情感，描写现象诠释感悟。它不是形体而须创造形体颜色；它是声音，却最多仅要留着长短节奏。最要紧的是按着疾徐高下，和有限的铿锵音调，依附着一串单独或相联的字义上边；它须给直觉意识，情感理智，以整体的快惬。

因为相信诗是这样繁难的一系列多方面条件的满足，我们不能不怀疑到纯净意识的，理智的，或可以说是"技术的"创造或所谓"工"之绝无能为。诗之所以发生，就不叫它做灵感的来临，主要的亦在那一闪力量突如其来，或灵异的一刹那的"凑巧"，将所有繁复的"诗的因素"都齐集会萃于一俄顷偶然的时间里。所以诗的创造或完成，主要亦当在那灵异的，凑巧的，偶然的活动一部分属意识，一部分属直觉，更多一部分属潜意识的，所谓"不以文而妙"的"妙"。理智情感，明晰隐晦都不失之过偏。意象瑰丽迷离，转又朴实平淡，像是纷纷纭纭不知所从来，但飘忽中若有必然的缘素可寻，理解玄奥繁难，也像是纷纷纭纭莫名所以。但错杂里又是斑驳分明，情感穿插联系其中，若有若无，给草木气候，给热情颜色。一首好诗在一个会心的读者前边有时真会是一个奇迹！但是伤感流泪，铺张的意象，涂饰的情感，用人工连缀起来，疏忽地看去，也未尝不像是诗。故作玄奥渊博，颠倒意象，堆砌起重重理喻的诗，也可以赫然惊人一下。

　　写诗究竟是怎么一回事，真是惟有天知道得最清楚！读者与作者，读者与读者，作者与作者关于诗的意见，历史告诉我传统的是要永远地差别分歧，争争吵吵到无尽时。因为老实地说，谁也仍然不知道写诗是怎么一回事的，除却这篇文字所表示的，勉强以抽象的许多名词，具体的一些比喻来捉摸描写那一种特殊的直觉活动，献出一个极不能令人满意的答案。